AF463197

VENTE PAR SUITE DE DÉCÈS

4 Magnifiques Tapisseries

DES GOBELINS

Du temps de Louis XV

D'APRÈS CHARLES COYPEL

EXÉCUTÉES PAR MICHEL AUDRAN

6 TRÈS BELLES CANTONNIÈRES

EN ANCIENNE TAPISSERIE DE BEAUVAIS

CATALOGUE

DE

4 MAGNIFIQUES TAPISSERIES

DES GOBELINS

DU TEMPS DE LOUIS XV

De la Tenture dite des Scènes d'Opéra

D'APRÈS CHARLES COYPEL

EXÉCUTÉES PAR MICHEL AUDRAN

6 TRÈS BELLES CANTONNIÈRES

EN ANCIENNE TAPISSERIE DE BEAUVAIS

le tout provenant du Chateau des Boulayes entre Tournan et Gretz Armainvilliers et appartenant au Docteur Péan qui les avait achetés dans le Chateau 80.000f de Madame Maire

DONT LA VENTE, PAR SUITE DE DÉCÈS, AURA LIEU

HOTEL DROUOT, SALLE N 6

Le Mercredi 29 Juin 1898, à 4 heures

Le chateau d'après la tradition, aurait été un rendez v de chasse de L XIV (?) –

COMMISSAIRES-PRISEURS

M. GEORGES DUCHESNE
6, rue de Hanovre, 6

M. LÉON ANDRÉ
3, rue de la Boétie, 3

EXPERTS

MM. MANNHEIM
7, rue Saint-Georges, 7

M. B. LASQUIN
12, rue Laffitte, 12

EXPOSITIONS

PARTICULIÈRE : *Le Mardi 28 Juin 1898, de 1 h. 1/2 à 5 h. 1/2*

PUBLIQUE : *Le Mercredi 29 Juin (Jour de la Vente), de 1 h. 1/2 à 4 h.*

CONDITIONS DE LA VENTE

La vente sera faite au comptant.

Les acquéreurs paieront *cinq pour cent* en sus des adjudications.

Paris. — Imprimerie de l'Art, E. Moreau et Cie, 41, rue de la Victoire

Désignation

TAPISSERIES

Suite de **quatre magnifiques tapisseries des Gobelins**, de la tenture dite des *Scènes d'Opéra, de Tragédie et de Comédie*, exécutées d'après Charles Coypel, en 1763, 1764 et 1765, par Michel Audran, l'un des chefs d'atelier de la Manufacture.

Les sujets, d'une admirable tonalité et d'une charmante composition, sont compris dans des médaillons ovales, ornés de cannelures à leur partie supérieure et encadrés de pendentifs de fleurs, interrompus, en haut, par un masque du soleil et, en bas, par un mascaron placé entre deux volutes godronnées. Chaque médaillon se détache sur un fond bleu décoré d'un treillis et d'un semis de quartefeuilles. La bordure est formée de faisceaux de baguettes roses enrubannées et reliées aux angles par des cartouches et des feuillages.

1° *Roxane et Atalide*

Atalide défaillante est tombée dans les bras de Zatime ; elle vient de lire la missive que lui a remise Roxane et où le sultan Amurat exige la mort de Bajazet. Roxane, debout auprès des deux femmes, commande à Zatime d'emmener Atalide. La scène se passe dans une salle du sérail du sultan, à Constantinople.

Bajazet, tragédie de JEAN RACINE, acte IV, scène III.

Le panneau est signé d'AUDRAN et daté de 1764.

Haut., 3 m. 35 cent.; larg., 1 m. 95 cent.

Les baguettes d'encadrement sont en rose
Malheureusement le rose a passé beaucoup -
Le quadrillé est en fond bleu, ton qui est bien resté
ce qu'il devait être.

2

2° *Renaud endormi*

Renaud, étendu à terre, est endormi : Armide, brûlant du désir de se venger de ses dédains, s'avance vers lui, un poignard à la main ; mais la beauté du héros désarme l'enchanteresse et l'Amour la détourne de son cruel dessein. Au milieu des nuées, les Zéphyrs voltigent, tenant une guirlande de fleurs. Fond de paysage.

Armide, tragédie de QUINAULT, musique de LULLI, acte II, scène V.

Le panneau est signé d'AUDRAN et daté de 1765.

Haut., 3 m. 32 cent. ; larg., 1 m. 70 cent.

3° *Psyché abandonnée par l'Amour*

L'Amour s'envole ; Psyché, vêtue de ses plus beaux atours, lève les bras au ciel, en proie au plus violent désespoir. A gauche, un vase rempli de fleurs. Au second plan, une colonne torse, des rochers, une rivière.

Psyché, tragédie-ballet de MOLIÈRE et de QUINAULT, musique de LULLI, acte IV, scène III.

Le panneau est signé d'AUDRAN et daté de 1765.

Haut., 3 m. 35 cent.: larg., 1 m. 95 cent.

4° *Athalie interrogeant Joas*

Dans une salle de son palais, Athalie est assise, drapée dans un manteau d'hermine : Abner se tient auprès d'elle ; le jeune Joas, vêtu de blanc, répond aux questions de son aïeule. Derrière lui, Josabet, Zacharie, Salomith assistent anxieusement à la scène. Au fond, des gardes.

Athalie, tragédie de JEAN RACINE, acte II, scène VII.

Le panneau est signé d'AUDRAN et daté de 1763.

Haut., 3 m. 32 cent.; larg., 1 m. 65 cent.

5 à 7 — **Six très belles cantonnières en tapisserie de Beauvais, du temps de Louis XV**, présentant, sur fond blanc, deux palmiers enguirlandés de fleurs retenues par des rubans bleus ; les cîmes des arbustes sont réunies par des draperies rouges, dont les plis, se mêlant aux branches, viennent retomber jusque sur le tronc.

Haut., 3 m. 84 cent.; larg., 2 m. 10 cent.

2 – 29
2 – 29
2 – 23
Chappe

5 . 7

MIRE ISO N° 1
NF Z 43-007
AFNOR
Cedex 7 - 92080 PARIS LA DEFENSE

graphicom

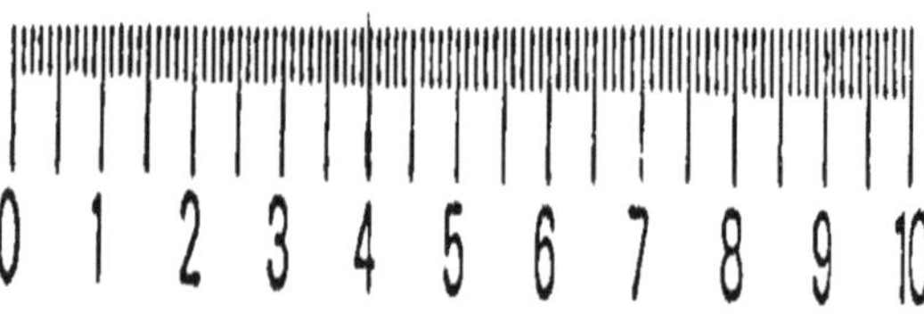

www.ingramcontent.com/pod-product-compliance
Ingram Content Group UK Ltd.
Pitfield, Milton Keynes, MK11 3LW, UK
UKHW020221180726
13838UKWH00005B/2122